文芸社セレクション

# 時の箱の中へ

ともみん

文芸社

# 目　次

# 第１章

## ヘーキヘーキ

転んでもヘーキヘーキ
起き上がれる

イヤな事言われてもヘーキヘーキ
泣いて泣いて起き上がればいい

体調悪くてもヘーキヘーキ
しっかり休めばいい

困難なことや壁があってもヘーキヘーキ
マイナスをプラスに

ヘーキヘーキ

今日もなんとかなるよ
一笑い😊

## 生きたい

なんて欲張りなんだろう
私は生きた証を残したいから
詩を書くのかもしれない

愛によって壊れ
愛によって救われ
生きている

ああ
心なんて
「ありがとう」しかない

美しい四季折々の景色を
こんなに胸が痛い日々なのに
見てゆきたいんだ

生きたいんだ

## 誰もが何かを抱え
## 救われたいと生きている

生があるから死がある
生も死も人生

幸福があり災いがある
幸福も不幸も人生

嘆き悲しむことはない
それが愛しき人生

## 抱えたものを力に変える
## 自分で頑張るしかない

自分が愚かで無知であることを忘れちゃいけない
病気であっても障ガイ者であっても光まで生きるの

何をメソメソしているの頼れるのは自分しか
いないじゃない

自分を傷付けるのはよしなよ
気持ちの問題なら強気でいけ〜い！
辛い時ほどに自分を大事にするんだよ

泣いてもいい
守るべき大事なものを
見失わなければ

汚れなき光は
誰の心にも残ってる

## 修業？

この世を修業の場とゆう人がいる
それじゃ辛いよね
頑張れたならいいけれど
頑張れない時もある

私達はきっと
色んな体験、経験するためにやってきた
辛い修業をしに来たんじゃない

今まで頑張ったね
もっと僕のように楽しんでと
ノラ猫ちゃんが言っていた

## 何でもかんでも自分さえ我慢すればは違う!!!

願いの叶わない忍耐は
心を病んでしまう
目標に向かって精一杯することに
意味があって、ただただ我慢する
のは違う
心が壊れる前に休んでね
自分を見つめなおそう
壊れた私が思うから

## 強さ

優しさは強さ

誰も傷付けたくないと

想う気持ち大きくて

強くないと傷付けてしまう

守れない

優しいぶん強く

だから咲けるの

力強く

# 小さな自分

頑張るのが辛い時
かたくなに心を閉ざしてた

ムリに顔を上げなくても
下を向いて歩いても
花を見つけることができた

花を見て顔を少し上げてみようと思えたんだ
バカだなぁ
青く続く広い空を忘れていた

この空の青さに
自分がちっぽけになる

人生ってこんな感じ

## 固定概念を覆してしまえ

自分のことを好きになろうよ

たった１人の自分だよ

あなたを好きな人達がいる

自分なんて嫌い

こんな私は大嫌いを卒業しよう

ダメな所は受け入れて

人それぞれ個性的

愛される人になっていいんだよ

自分をもっと大事にしていいんだよ

自分のこと甘やかしてオッケー😊

## 輝きのひとつ

悲しかったんだね

ずっと心にあったのは
悲しみだったんだね

大丈夫だよ
いっぱい泣きなよ

僕等は皆が背負ってるんだ
泣いて生まれてきたんだ

大丈夫だよ
生きてていいんだよ

君は地球の輝きのひとつなんだ

# 裏切らないように

人は人を裏切る
でも本当は自分を裏切ったんだ
人は人を悪く言う
でも本当は自分に不満があるんだ
心は折れる　何度も折れる
経験は学びとなり糧になる
知恵がほしい
知恵をつけて
コンディションを整える
自分を裏切らないように

# 光

何もせずに、じっとしていれば
傷付かないかもしれない
でも父なる宇宙、母なる地球に
愛されているあなたは
愛を外に出してゆかなきゃいけない

自分探しは
あらゆるあなたが本当のあなたで
あなたとゆう人は固定されてるんじゃない
あらゆるあなたを愛してあげる
あなたがあなたを愛することが
人を喜ばせる行動につながってゆく
優しい繋がりの輪が幸運を
呼ぶよ

## 自他平等

自他平等
他人と自分は平等！
自分の幸せ願う
他人の幸せ願う

自分に自信なくて
いつも低いところにいる
自分のことは後回し

他人の為に行動する
それは自分に返ってくる
自己犠牲ではない

他人と自分を平等にまで
クイッと持ってくんだ

## 使命

使命とは何かな？
気持ちに偏りはないかな

私は無力だけど
今日も私らしく生きることが
使命かしら

あなたにはあなたの
使命があるんだよね

今日もニコッと出来ることしてゆく
それが使命かしら

## 青空

生きるとは涙
　生きるとは繰り返す愚かさ

生きるとは喜び
　生きるとは愛を与えられる

雨は上がってるんだ
　青空が広がっている

荷物を背負いすぎて
　潰れないで

大丈夫じゃないこと知ってるから
　私がアナタを抱きしめていいですか？

アナタが頑張ったこと知ってるから
　今は休んでね

## 良い日？　悪い日？

今日はね
一粒万倍日の天赦日
最高の日かと思いきや仏滅なんだよ

いいこととわるいこと
どちらの数を数えますか？

いいことに感謝したほうが
幸せだよね

そして温かな周りの人達の
幸せ願ったほうが
幸せだよね

良い日でも
悪い日でも
今を過ごしてゆく
周りの喜び願えば
心が温かくなる

## 部屋

流れる時
殺風景な部屋に白いカーテン
デスクがひとつ
静かな空間

窓を背に置かれたデスク
そうだ窓の方にデスクを移動しよう

僕はカーテンを開き
移動したデスクの椅子に座る

今まで何を見てきただろう
内なる孤独ばかりを見つめてた

１人じゃないじゃないか
１人じゃなかったじゃないか

僕はデスクで手紙を書く
ありったけの「ありがとう」を込めた
手紙をあなたに

料金受取人払郵便

新宿局承認

7552

差出有効期間
2024年1月
31日まで
(切手不要)

郵便はがき

1 6 0-8 7 9 1

1 4 1

東京都新宿区新宿1－10－1

**(株)文芸社**

愛読者カード係 行

| ふりがな<br>お名前 | | 明治 大正<br>昭和 平成 年生 歳 |
|---|---|---|
| ふりがな<br>ご住所 | □□□-□□□□ | 性別<br>男・女 |
| お電話<br>番号 | (書籍ご注文の際に必要です) | ご職業 |
| E-mail | | |
| ご購読雑誌(複数可) | | ご購読新聞<br>新聞 |

最近読んでおもしろかった本や今後、とりあげてほしいテーマをお教えください。

ご自分の研究成果や経験、お考え等を出版してみたいというお気持ちはありますか。

ある　　ない　　内容・テーマ(　　　　　　　　　　)

現在完成した作品をお持ちですか。

ある　　ない　　ジャンル・原稿量(　　　　　　　　　　)

| 書　名 | | | | |
|---|---|---|---|---|
| お買上<br>書　店 | 都道<br>府県 | 市区<br>郡 | 書店名 | 書店 |
| | | | ご購入日 | 年　　月　　日 |

本書をどこでお知りになりましたか?
1.書店店頭　2.知人にすすめられて　3.インターネット(サイト名　　　　　　)
4.DMハガキ　5.広告、記事を見て(新聞、雑誌名　　　　　　)

上の質問に関連して、ご購入の決め手となったのは?
1.タイトル　2.著者　3.内容　4.カバーデザイン　5.帯
その他ご自由にお書きください。
(　　　　　　)

本書についてのご意見、ご感想をお聞かせください。
①内容について

②カバー、タイトル、帯について

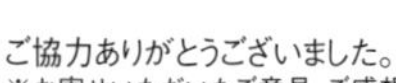
弊社Webサイトからもご意見、ご感想をお寄せいただけます。

ご協力ありがとうございました。
※お寄せいただいたご意見、ご感想は新聞広告等で匿名にて使わせていただくことがあります。
※お客様の個人情報は、小社からの連絡のみに使用します。社外に提供することは一切ありません。

■書籍のご注文は、お近くの書店または、ブックサービス(0120-29-9625)、セブンネットショッピング(http://7net.omni7.jp/)にお申し込み下さい。

今、僕は穏やかな太陽の明かりに
包まれている

静かなこの部屋が
息を吹き返した

そう何度も部屋は自由に
造り直せるんだ

殺風景な部屋が変わってゆく
変わってゆくんだ

## ダークサイド

嫉妬
ねたみ、そねみあると思う

ざまぁみろとゆう言葉がキライ
天罰みたいで痛い
辿りゆく道のりに汚い心も連れて歩いてる
闇に隠された部分　私のココロ
けっして美しくない

どうしたら納得ゆく
自分になれるかな？
楽しもう納得ゆく自分目指して

今まだダークです

# 見上げる

高い高い高くを望む
低い低い低い所にいる

存外（ぞんがい）
僕は人間なんだ
産み落とされてしまった
１人では生きてゆけない人間なんだ

僕は低い所から高くを見上げる
ちっぽけな１人の人間なんだ
古傷痛み泣きそうになるんだよ
今日も高くを見上げて生きている

## いつも一緒のはずなのに

いつも一緒のはずなのに
君に触れることはできなくて
君１人頑張らせてしまう
僕は君の中のもう１人
君に全てあげたいけれど
僕は消えることできないんだ

愛すること苦しむこと
君がくれたもの
僕は楽しむこと喜ぶことを
君にあげたいんだ

心が統合するその日まで
僕らは与えあうんだ

## 必要なもの

努力なしに手に入る
そんな魔法あるだろうか？

気づいてるよ
いつだって強い何かが必要で
その思いが未来を創ってく

心が折れてても魂はあるんだ
輝く宝石を手に入れるのには
乗り越えてく勇気と努力が
必要なんだ

# 飛び立て

１人で泣いてる君に詩おう
心なすがまま泣けばいい
君の壊れた心が求めるもの
望むままに欲すればいい
君が悲しみからぬけだせるように
詩に支えられ救われてきた
ワタシだから
君が悲しみからぬけだせるように詩おう
ワタシよワタシ　言葉となりて
飛び立て

## それでも僕は

生き急いでた
何故かって？
毎日は空へ帰る道だから
空に帰ることは悲しかった
美しい景色
大好きな人達の別れ
僕は何かを残したくて
毎日必死だった
気づいたんだ
もう焦らないよ
空は青く手を伸ばせば握れそう
どこまでも広がっている
僕は空へ行く道へと歩いてる
それでも僕は生きるんだ

## 天国の子供達へ

私には３人の水子がいる
産まれてこれなかった子供達
今でも痛い

君達の年齢を数えるのを
やめてしまった母さんを許してね

抱きしめてあげれなかった
母さんを許してね

いつか会いましょう
いつか会いましょう

## シャボン玉

お母さんね
はっきり覚えてる
あなたたちが小さかったころ
公園でシャボン玉して帰らなかった

今では高校生２人
まだまだ子供っぽいあなたたち
強く優しくなってきたね

母さん　シャボン玉飛ばしたいな
母さんは
もう少し母さんを頑張るね

## 子供達

子供達は私のものではない
独立した人格で
私とは意見も行動も違う
思い通りにならないのは当たり前

自分自身でさえ
思う通りに生きれないのに
自分のものなどなにひとつないんだ

子供達
自由に生きなさい
母さんは愛してる

法律だけは守りなさい
自分が困るから

## 親バカ

母さんは体が丈夫じゃなくて
街の大きな病院であなたたちを産んだの
広いロビーに１人でいたわ

母さんが生きてこれたのは
あなた達がいたから
生きてくことに必死だった
食べさすのに必死だった
障害をかくして必死だった

父さんは私達よりも
自分自身の人生を選んだの
愛し合ってはいたけれど
愛を育んでゆけなかった

お母さんらしくない母さんだけど
あなた達は宝物より大事
親バカ母さんだけど
自立するまで数年
協力しあい仲良く暮らそうね

## 病

病については　もう諦めている
けれど澄んだ青空見上げたら
頑張ろうと思うんだ
過去、現在　後戻りできない僕ら
光を見つめ今日も微笑む
病気
バランスとるの難しい
嬉しい悲しい心は動き揺れるもの
心が大きく動くと体にくる
だから調整してゆくんだ
大丈夫
僕らは生きることを祝福されている

## 夜中のつぶやき

あなたの死は誰かの永遠の
悲しみになる
だから誰かのために生きて

私は生きる
生きてていいんだよと
何度も自分に言う

辛いことがあっても
生きてくと覚悟をしたの

生きてていいんだよね
生きてていいんだよ

# 日常

どこか自分は障ガイがあると諦めがあるの

でも卑屈になって腐るか腐らないか

自分次第だと思う

やっぱりどこか普通じゃない所あるけど
普通って何かな？

鳩ですら模様が違う

頑張るとか頑張らないとかじゃなく
出来ることを普通にしてゆく

それが日常

## ドーパミン

悲しい

でもこそこそしない

私は私をだしてゆく

愛する人達のために

自分のために

耐えきれず崩壊した心
脳はドーパミンを出して狂ってゆく
悲しくて苦しくて救いはどこに
やり切れない涙を流して
心が体が落ちつくのをまつ
あの日のように幸せでいたかった
もう１度小さな幸せ掻き集め
迷いながら前を向いてゆく
絶望を越えてきたから
胸が痛い
明日にはきっと動けてる

40

# 笑ってる

## 踏みこむペダルに風なびく

もう１度自転車に乗り風を感じたい
引きこもりだから友達が私を連れ出して
くれるのが楽しみ
「ありがとう」「ごめんなさい」「すき」
を伝えたい人に伝えたい
季節変わるたびに
美しい景色なのに体がついてゆかない
体力をください
回復するまでゆっくりゆっくり
呼吸あがってる横になってね
心と体はつながっている
調子良い時にはしゃぎすぎ
バランス整えなきゃ
また自転車に乗ろう！

## 共感者になりたい

忍耐が足らない
愛が足りない

人を批判したり
自分を押し通そうとする

痛い目にあったから
障ガイ者になったのか
もともとのものなのかわからない
痛みを知るからこそ
共感したいんだ

そうだね　そうなんだねと
承認して　認めたい

## 笑える強さ

生きる意味のない人などいない

自分に言って聞かせる

障がいがあり

社会の荷物かもしれない

それでも

ニコッと笑顔になれば

人を和ませる

もうそれだけで充分じゃない

# 第２章

## 岬

月の光に花が美しく
潮の香りが漂う岬

いくつかの恋をして
やっとあなたに出逢えたの

波が悲しみをさらってく
あなたの胸に抱かれて
涙の雫は消えてゆく

今はもう
過去の痛みは幻影

あなたの声が好き
その表情が好き
あなたの胸の痛みが
温かい心が好き

出逢って想って
君の側にいるよ

## 素敵だよ

受け止めてもらうことを考えるんじゃなく
受け止めてあげることを考える

あなたの全て　生きてきた背景を
まるごと受け入れている

あなたの大事な過去
今のあなたになった過去

全て素敵
あなたは素敵だよ

あなたを好きになったときから
何があっても責任は自分でとると決めた
後悔はしないよ

## ハート・ハグ

あいしていいし

あいされていい

たくさんのあいをもらって

たくさんのあいをおくり

わたしになる

おだやかなあなたのあいをうけとり

わたしはいきてゆける

## こわくて

月が雲に隠れてる
すべてが幻のようで現実なんだ
君のすべてでありたくて
君のすべてではなくて
そんな自分を闇に放り込む

失望させるんじゃないかって
こわくて
いつか飽きられるんじゃないかって
こわくて
いつかいなくなるんじゃないかって
こわくて

いつも覚悟しなくちゃいけないんだ
永遠って言葉は不確かで
終わりがあることを知ってるから
別れがあるから
大事にしなきゃいけないんだ

## 無価値感や欠乏感を満たしてもらっても<br>一時的なもの

欲しい欲しいは自己愛
誰かを利用して自分を満たすは自己愛

大切なんだから側にいる
友達ぐらいがいいのかもしれない

貴方を欲しいと思う欲望は
胸を焦がして辛くなり
いつまでも情けないね

貴方の全て受け入れる慈愛
自分を捨ててこそ
本当の愛が始まる

## 信じることはエネルギーになる

信じることは難しい
簡単に信じることは危険をともなう
でも信じてみようと思うの
傷付いても無駄なことはないから
信じて傷付いて成長してゆく
そのどれもが必要で優しくなれた
色んなこと上辺だけでなく
心でもみるの
不思議なことに
悪意ある人は呆れて離れてゆくよ
私はあなたを信じてる

## 目尻のシワ

何気なく交わす言葉
君は笑顔になって目尻にシワが３つ
私は君が愛してきた人を想うの

私の願いは
君が愛してきた女性（ひと）達の幸せと
君を想い続けること

細いのにガッシリとしている
君の体に染みついた愛の傷
そっと癒したい
膝枕するから
ゆっくり眠って

## 心に届いた

貴方の心はキラキラしていて
泣いてしまいそうになるの

癒えることない悲しみを
悲しんだらいいじゃないと
優しく笑い包みこんでくれるひと

私は
どこにもいけない
あなたにはかなわない
いつでも優しく包みこまれている

## ピンク色の紫陽花

あなたと一緒に見た紫陽花は
まだ咲ききってなかった

今週の水曜あたりから梅雨かしら
会えない間に紫陽花が咲いてたよ

雨が降っても会いに来てくれるよね
ザーザーと降る雨に
あなたの姿を思い描く

腕に手を回すと嫌がるから
少し後ろをついてゆく
振り返り私を待つあなた

雨の中でも嬉しいな
あなたと一緒

# 蝶

私は貴方の周りを飛んでいる
心の広い貴方においつきたいの

蝶々はどこまで高く飛べるんだろう
貴方の広い胸に抱かれ
甘い深みにハマっている

柔らかな貴方の香り
たくましい腕
羽を休めてしまう

どこまでいっても
貴方より高くは飛べないの

高く高く飛ぶ
貴方が大好き

## 月下美人

今日は満月
貴方に見つめられて瞳が潤む

普通じゃない
心の奥があつくなる

貴方の心臓に手をあてる
身をひるがえし
後ろから抱きしめるあなた

大きな手が乳房をつかむ
甘くもれる吐息

私を美しくするのはあなた
月の下で心開いて溶けてゆく

## 笑うかしら

初めましては桜が咲いていたわ
どんどん貴方の魅力に惹かれ
季節変わり梅雨に

これは恋かしら？
今まで恋は何度もしたはずなのに
わからないの

あたりまえに貴方は側にいる
何かあると貴方に伝えたい

貴方が大事だと気づいた
貴方が好きだと気づいた

初めましての恋に
貴方は笑うかしら

## 願い

貴方の半袖　黒いシャツ
とても似合うの
背伸びすると
お腹が見えたりして
私はドキッとするの

こんなにも恋しく想う
貴方との切り抜き場面

愛とは好き嫌いをこえたもの
好きには嫌悪が宿る
あなたがいればは執着が宿る

だから
ただただ貴方の幸せ願うのよ

## 晴れ間

貴方の笑顔みつめ側にいたい
儚いのなら
貴方の側で生きてゆきたいの

梅雨の晴れ間の空の下
貴方がいつも光を教えてくれる

愛しい
その横顔を目にやきつけていたい

確かに感じる貴方への気持ち
痛いくらいに胸に刻まれてゆく

貴方は大切な人

## 夜明け

花を摘んでかざるの
薬飲んで副作用
短夜に朝がくる

側にいてね
２人で過ごしてゆきたい
貴方と巡る景色をみてゆきたい

結末なんて考えない
貴方が手を握ってくれて
始まった

けっこうヤンチャで
優しかったり

お互いに歩み寄る
努力してゆくの

貴方と夜明けを共に

## 愛しさを、どう詩にすればいいんだろう

レモンの小さな果実
小さな実「かわいいな」と
目を細める

小さな花の蕾
かわいいと優しい顔

月を美しいと
空が綺麗だと

触れていたい
優しく強い
好きなの

想いが溢れてとまらない
愛しさはとまらない

## 水月

光彦さん

乾き切れぬ雲
燃え上がる月
冷えた水面に
月光のビー玉

階段状に
滴（したた）り落ちて

ルナの踊り、水面を
ハイヒールで渡る
旋律を調べて渡る

通りにさらに散水し
電光石火の瞬きで
明鏡止水の上を
けたたましく踊る
過ちや悪業を懺悔しながら

ともみん返詩

清らかに澄みきった心のうえを
月は静かに照らす
お月様は何を見つけてきただろう
全ての罪は月の明かりに許されている
もう静かに眠りなさいと
月は踊る

# 今

光彦さん

この世の真理を学ぶのに
血へどを吐くほど時間を費やして
生きる道筋をあなたに導くほどの
知識を完全武装しても

あなたが私の教えを必要としない
ただそれだけで
ロウソクの火が風で消えるように
いとも簡単に完全武装は崩れてしまう

今あなたに問います
私はいらない人ですか？

## ともみん返詩

今、あなたが必要です
この世の真理を教えてほしい
なぜ私は病気なのでしょう
なぜ愛する人に出会えないのでしょう
悪い種を蒔いたつもりはないけれど
知らぬまに蒔いたのでしょうか
この無常の世での真理とは
季節巡って花咲きて散りゆく
儚さのことでしょうか　教えてほしい

## 返詩

光彦さん

信じていたとしても
周囲の反対意見は厳しい

「あの男よくないよ」と言われれば
愛する想いも揺らぎ
「宗教なんて良くないよ」と言われれば
僕の仏教への志も揺らぐだろう

しかし二人三脚や
鬼に金棒を信じれば

あなたは一本の足を得て
僕は金棒を得た
そんな勇気も湧いてくるよのう

## ともみん返詩

人は人の意見を聞くけれど
自分の心が大事
何を信じるかは自分次第

私は１本の足を得た
あなたは金棒を得た
人は１人じゃ生きていけない
勇気と覚悟が必要

私が貴方を守ってあげる
その笑顔をみたいから
痛みを乗り越えて
運命を進んでゆけるように

## 覚悟の話

光彦さん

苦しみに立ち向かう人からは
逆に苦しみが
その人から逃げようとします

じゃ苦しみから逃げたらダメなのか？

いいえ

この世に楽はないと悟るためには
まずは苦しみから逃げたいと思うほど
苦しむ必要があります

それを経験してから
立ち向かう覚悟をするのです

## ともみん返詩

病気からは逃がれられない
もし毎月の注射をやめて
毎日の薬をやめてしまったら
どうなるんだろうと考える

生きてていいのかわからないまま
生きてく覚悟をした

苦しんだ末に覚悟する
覚悟は大事

辛くても
笑顔になれるんだよ

真理をとき
哲学する
そんなあなたの笑顔見ていたい

# 美夕の恋のかたち

私は、美夕（みゆ）。

果物屋さんの店長に恋してる。果物屋さんがお店を閉めたら会いに行くの。

彼は背が高くて優しい。

優しいから私に付き合ってくれる。

でも彼は……

結ばれることのない私達、それでも好きなの。

美夕と果物屋さんの出会いはバイトの面接に行ったことでした。面接でねほりはほり聞く店長に何て失礼な人なんだと思いました。でもメールをするようになったのです。2人が仲良くなるのにそう時間はかかりませんでした。しかし美夕はバイトの面接には落とされました。バイトの面接は落ちたけれど、メールからラインへと連絡はしていてお店が閉まるころに会うことになりました。

美夕は早く来すぎたので、カフェで時間をつぶします。ドキドキワクワクしていました。そしてお店が閉まり2人はやっと会えました。とりあえずカフェに行きました。

店長さんは男性にしてはとてもおしゃべりです。色んな事を知っていて熱く話します。

社会のこと、経営のこと、美夕はひきこまれていきました。

美夕の中でトキメキが生まれました。

なんと店長さんは55歳、美夕は32歳、そして美夕は心ぞうが悪かったのです。

何度かデートを重ねたものの美夕は病院のベッドで空を眺めていました。

「年の差に病気。結ばれることないよね」

ボソッと呟きました。

美夕は退院して店長さんに会いに行くことを決めました。半年ぶりの再会です。

シャッターの閉まったお店の中でおしゃべり、美夕は「好き」と店長さんに告白してしまいました。

店長さんは言います。

「オレはあかんのや。いい男みつけろ」と。

でもそう言いながら美夕を抱きしめるのです。背の高い店長さん、美夕は店長さんに包まれます。店長さんには一生結婚はしないで、と約束した女性がいたのです。

美夕はショックでした。

でも過去の女性との約束を守る彼を少し素敵だとも思いました。

２ヵ月に１回くらい2人は会っていました。店長さんは会うのをよそうとは言いません。会えば美夕の頭をなぜておしゃべりです。

2年が過ぎました。

美夕の心ぞうが悪くなり倒れました。

美夕はペースメーカーを入れないといけなくなりました。美夕は病院でスマホをにぎり手術の日を待ちました。美夕の心にはいつも店長さんがいました。

美夕の手術は成功しました。

店長さんと会えないまま日々は過ぎゆきました。

１年が過ぎ体力もついてきました。店長さんに会いに行きます。

シャッターの閉まったお店の中で2人は抱き合いました。

美夕は思います。

（店長が過去の女性を思ってて約束を守っていてもいい。私は彼が好き）

店長は58歳になっていました。

意地になってお店をやっていました。

美夕は体調が良かったり悪かったりでまた店長に会えないでいました。

美夕は自分のたんじょう日にロケットペンダントを買い、店長さんの写真を入れました。

（私は彼が好き、これでいい）

冬が来て美夕は肺炎になってしまい入院してしまいました。

浅い呼吸でこの世でたった一人の店長さんを思う。
「一緒になれなかった。
でも、私に愛することを教えてくれた。
ありがとう。私はあなたを愛することができて幸せでした。」
美夕が目覚めることはありません。

ラインの最後
もし生まれ変わったら、今度は一番に私を見つけてね。そして一緒にいようねと。

空にあなたを想う
彼女にもなれなかった
友達ともちょっと違う
片想いだったかなぁ
愛することを教えてくれてアリガトウ
あなたは生きる支えだった

美夕の想いが曇り空を青空に変えました。

店長さんの気持ちはわかりません。
でも、これからも過去の女性との約束を守り一生独身でいるのでしょう。

店長さんの空を見上げる表情はさみしげでした。

終わり

# あとがき

まさか私だけの詩集本ができると思っていませんでした。トントントンと話が進み、小さな諦めていた夢は白く輝きました。

詩を読んで時間があっとゆう間に過ぎてしまう、そんな感じを思い「時の箱の中へ」とタイトルにしました。

私の詩は私が多くてとても青いです（笑）

「私なんて、私の詩なんて」と下を向いていたら本になる夢は叶わなかったと思います。

ずっと応援してくれて写真を提供してくれた千秋さん。励ましてくれるひわっち、ぶるちゃん、森ちゃん、エルちゃん、ヒロ、皆様、詩を提供してくれた光彦さん、ありがとうございます。

皆様が応援してくれたから勇気を持てました。

本当にありがとうございます。

感謝しています。

著者プロフィール

## ともみん

大阪府出身。
放送大学中国語科Ⅰ、Ⅱ卒業。
平成27年障ガイ者となり、治療にはげむ。
詩は子供の頃から書いていて、詩の月刊誌に投稿して、数作品掲載されています。
『僕らは愛の言葉を必要としているんだ』が初めての本です。

## 時の箱の中へ

2023年12月15日　初版第1刷発行

著　者　ともみん
発行者　瓜谷 綱延
発行所　株式会社文芸社
〒160-0022　東京都新宿区新宿1－10－1
電話　03-5369-3060（代表）
03-5369-2299（販売）

印　刷　株式会社文芸社
製本所　株式会社MOTOMURA


ISBN978-4-286-24712-0